Para Claudia

Simón y los animales

Un cuento de invierno narrado e ilustrado por
Alberti / Wolfsgruber
Traducción del alemán: *Marinella Terzi*

ediciones **sm** Joaquín Turina 39 28044 Madrid

En una pequeña casa en las montañas vivía un muchacho. Se llamaba Simón y amaba el invierno por encima de todo. Le gustaban los copos de nieve, los carámbanos de hielo y deslizarse con el trineo por el bosque. Pero lo que más le gustaba era hacer redondos muñecos de nieve.

Llegó la primavera con su olor a hierba fresca. Pero
Simón estaba triste. Añoraba la nieve y el hielo.
¿Por qué tenía que marcharse el invierno?

Durante la noche Simón durmió profundamente,
acostado en su cama y, como le ocurría a menudo,
volvió a soñar con sus muñecos de nieve…
Fuera hacía frío. Comenzó a nevar suavemente.
¡El invierno había regresado!

Al levantarse, Simón sintió que un gran silencio reinaba
alrededor de la casa. Corrió hasta la ventana y miró
con curiosidad a través de los cristales empañados.
Creyó soñar: todo el paisaje estaba cubierto por una
blanca capa de brillante nieve.
—¡Nieve! ¡Nieve! —gritó Simón con alegría.
Salió deprisa de la casa y empezó a construir muñecos
de nieve grandes y pequeños. Simón era feliz.

Al día siguiente sopló un viento helado. Simón se abrigó y fue a ver sus muñecos. Pero ¿qué había ocurrido? Simón corrió de un muñeco a otro. ¡Faltaban las rojas narices de todos! Habían desaparecido todas las zanahorias. Y las ramitas que los muñecos sujetaban estaban torcidas. Simón se entristeció.

¿Quién podía haber hecho algo tan horrible? Sin nariz ya no eran auténticos muñecos de nieve.

—¡Simón! —llamó la madre del muchacho. Hacía demasiado frío para permanecer fuera durante tanto tiempo. Simón les puso nuevas narices y entró en casa. La noche siguiente fue tan clara que hasta podían contarse las estrellas. Pero Simón no tenía tiempo para ello. Mientras la casa entera dormía, salió con su gato por la ventana. Corrieron por el bosque nevado, siempre hacia arriba, hasta el último árbol. Desde allí querían escudriñar cada rincón para descubrir al ladrón de zanahorias.

Después de un rato, vieron que algo se movía cerca de los muñecos de nieve. En ese momento Simón hubiera preferido estar en su cama. Reunió toda su valentía y corrió pendiente abajo. Se escondió tras un muñeco y esperó. El gato aún tenía más miedo que Simón y se acurrucó bajo el abrigo del muchacho.

Poco tiempo después, Simón se decidió a mirar. Vio asombrado que muchos de los animales del bosque estaban allí y devoraban todo aquello que era comestible.

Simón comprendió que los pobres animales tenían hambre de verdad. El regreso del invierno había enterrado todos los alimentos bajo una gruesa capa de nieve. Simón quiso acercarse a los animales, pero éstos huyeron, asustados, al bosque.

Simón, entristecido, contó a su madre todo lo que
había ocurrido. Ella llenó una cesta con heno y el chico
la llevó a la linde del bosque. Los hambrientos
animales se acercaron con precaución. Simón les
ofreció la comida, pero sólo tras muchas dudas se
decidió un pequeño reno. Poco a poco fueron
atreviéndose los demás animales. Pero no había
bastante heno para tantos conejos, renos, ciervos
y pájaros. Entonces Simón tuvo una idea.

Volvió a colgarse su cesta a la espalda y tomó el
camino del pueblo. Los animales lo siguieron. Ya desde
lejos, la gente vio la extraña caravana y todos
esperaron con curiosidad.
Simón les contó lo ocurrido. Los habitantes del pueblo
sintieron compasión y quisieron ayudar también.

Colocaron un gran pesebre a la entrada del pueblo
y trajeron los alimentos que encontraron en sus casas.
Había para todos.

Pronto los días se hicieron más templados y la nieve se derritió. Por fin había llegado la primavera y los animales pudieron regresar al bosque. Simón era feliz. Y desde entonces se alegró cada vez que la primavera ahuyentaba la nieve y el hielo. Ahora Simón sabía por qué tenía que marcharse el invierno.

Primera edición: marzo 1987
Segunda edición: enero 1989

Traducción del alemán: *Marinella Terzi*

Título original: *Simon und die Tiere*

© Bohem Press, Zürich, 1986

© Ediciones SM, 1987
   Joaquín Turina, 39 - 28044 Madrid

Distribuidor exclusivo: CESMA, S.A.
   Aguacate, 25 - 28044 Madrid

ISBN: 84-348-2104-4
Depósito legal: M-44726-1988
Fotocomposición: Grafilia, S.L.
Impreso en España / *Printed in Spain*
Omnia, S.L. - Mantuano, 27 - 28002 Madrid